ALQUIMISTA NA CHUVA

ALQUIMISTA NA CHUVA

ASSIONARA SOUZA

Para Luci Collin

Uma placa que alerta sobre as curvas perigosas
logo ali,
antes do abismo
mesmo com *os passos trilhados pela milionésima*
astronômica vez

E chove.

por Julie Fank

A caligraphia de Assionara Souza reverbera um longo trecho entre uma quadra depois do Rio Seridó e a Serra do Mar eco infinito nublado anteontem. É amplitude térmica. É ressonância pura apesar de *não* [estar] *para alaridos* hoje. Foi ela quem escreveu isso? Eco. É hiperbo-parabólica antena em riste captando a *fumaça na xícara de café que poderia ser o rabo de um gato*. [Ou os olhos de um *cão*.] E que captura o *spleen* criptografado das pessoas que chovem. A poeta chove o poema inteiro e a poesia nos *contenta* nos *embala e* nos *arrebenta* com seus *miasmas*. [a poesia ou a poeta] chove jazzisticamente ensaiando a coreografia do pastiche, da alusão, da citação, da mímese alquímica em conversa-homenagem com outra poeta em linhas estraçalhadas, mas otimistas, ensolaradas *num dia nublado de inverno*. É seu primeiro de poesia, mas nem *tudo é inédito, meu bem*. Ela nem nos conhece *e já* faz *confissões*. Recheia seu *cake* com gatos e cafés. Não poderia faltar e. e. cummings,

Ezra Pound e Maiakóvski — apropriado devidamente em devidas traduções por Wellington Müller Bujokas e transliterações. Ela nos leva para um café com Luci Collin que só pode ter como assunto a linguagem, matéria-prima de ambas até o limite da E l a s t i c i d a d e. É sobre a hesitação e o quase fim a queda a árvore o galho o fruto que resta. Ela faz confissões sobre um corpo que não obedece a vontade a língua a linguagem, mas diz sim à possibilidade de esticar o fio de Ariadne por meio dos tratos de silêncios que envolvem a obsessão poética. É um poema sobre a vida e pra onde por onde ela vai sendo *faísca que risca no trilho* e estilhaça *barulho de trem desgovernado*. É um poema em pedaços. Um poema. Em pedaços. Um poema [esvoaçante] *às três da tarde, duplicado e sempre o mesmo* e *acima de qualquer suspeita*. De Hilda a Mariana Alcoforado. E Gertrude Stein, tirada para d a n ç a r. Claro. Colagem. *Courage, mon brave*. É preciso coragem para gritar *a incoerência de muitas palavras*. E tentá-las. Palavras *examinadas em microscópio*. *Desperdício de silêncio*. Também. Só que numa estrada e num carro em direção ao precipício com o rádio quebrado. Canção entoada em voz alta muitas vozes. Polifônico porque não tem como não ser. Mas às avessas e em constante precipitação. Água feita de mulheres que evaporaram e poemaram-se em *palavras* que *nascem no corpo* e *expelidas para fora*. É *caos, baby*. A despoetização da poeta que diz que *toda essa história pode ser comprovada num belo livro de ficção capa dourada*. É o líquido QUAL? que confere a ela um *diagnóstico poético favorável*. Descer escadas, cair, despencar, perambular, vagar, embriagar-se, degenerar-se, contestar-se resquício em ascendência. É pela vida ou pela morte este passeio? Fico

em dúvida se otimista ou pessimista. A resposta: *não perco mais tempo com a literatura / aposto tudo de uma vez.* Ficção. Ou autoficção. A insistência de uma escrita que se desloca no improviso embalado pelo jazz, mas volta à peça fixa do quebra-cabeça e se quer corpo vivo desnudado. Me parece o livro mais honesto de Assionara Souza e não porque poesia, mas porque livre e escancarado. Destemido e ciente de que o frágil fio condutor que o conduz não é puro, mas potente porque arrebata vozes uma atrás da outra enfileiradas como se para sustentar os elementos cênicos da peça. É texto para ser encenado em volta de um palco por mais de um gritante. É sussurro de sílabas, agitação de átomos em decomposição como se a ciência fosse possível quando há poesia em doses platopoéticas receitadas para a cura. O espaço livre do verso elástico que vai e volta em outras línguas, vai e volta em outros poemas é preenchido sem lei ou sensatez porque não rua sem saída e sim estrada-precipício palavra em suspensão. Thelma e Louise. Por que não? A operação limítrofe da execução poética não existe aqui e é prosa também. É abandono e é entrega um corpo magro que não tem medo de confiar nos braços de quem já traçou um caminho poético consistente de contornos diluídos e invisíveis. *Alquimista na chuva* é carne exposta e verdade inventada. É texto-dança que vibra e balança desviante de obstáculos e acontece no espaço da página porque escrito, mas poderia ser música cantada mil vezes ainda que você *decida não dar atenção aos avisos e apenas seguir.* Que *hora desastrada* para escrever um livro de poesia, *the girl with kaleidoscope* words.
imprevisível alquimia
tentando dar conta da vida

assim sem mais nem menos
coisinha sem futuro
a vida
ou a poesia?
é que venho sofrendo de uma anestesia lírica, ela responde
pessoas sensíveis ficam tristes
Leia com olhos de cão. De cã. Cadê ELA?
ELAS.
Let's get lost.
Let's get crossed off everybody's list.
Let's tell the world we're in that crazy mood.
É Chet Baker, mas quem disse.
Nossa Senhora d'Aqui que nos guie nesta leitura.
ou deixe a crença para lá.
tudo tão precioso e impreciso
o inverno ardendo dentro dos tímpanos
pegou toda a umidade das palavras e foi bebendo
Olhe por dentro da íris e veja o reflexo da última chuva.
É espelho.
Quebrado e caindo.
É cartografia de livros-países-corpos visitados.
À deriva.
É Assionara Souza.
É Luci Collin.
É Curitiba.
É o fim.
mas quem disse?

Only a phase, these dark cafe days
Joni Mitchell

Vamos nos lembrar de Apollinaire. De como ele se apaixonou perdidamente pela governanta da casa de uma família alemã, na Alemanha, onde o poeta foi parar, na época em que tirava um troco como preceptor da pequena Gabrielle. Uma paixão não correspondida por Annie Playden — a moça que brincou com ele, que jogou com seu coração lírico de leão. Mas estamos falando aqui de um poeta, não estamos falando de alguém que cobra juros altíssimos emprestando dinheiro. Mais ainda, estamos falando de Apollinaire. Estamos falando aqui, mais precisamente, de Annie e *La Chanson du Mal-Aimé*. Mais um, já não bastassem os três. E o mal súbito que essas formas femininas com bocas que falam e pétalas que se abrem de modo oblíquo e dissimulado causam numa mente poética dominada por dançarinas esvoaçantes e violinistas de Chagall. Meu amigo Antoine, o francês, me contou uma história durante um inverno *silencioso e branco como a bruma.*

— Antoine, *mon coeur*, quero aulas de francês, sim. Mas vamos ler poemas. Você me traz os de sua predileção e eu venho com o meu livro do Monsieur Prévert. Assim nós teremos aulas nos cafés, imitando Patti Smith, imitando o melhor de nós, nessa paisagem de outono para inverno. Nessa temporada infernal.

— Poemas de Apollinaire. Poemas do livro *La Chanson du Mal-Aimé*. O poeta vagando por quase um mês, dormindo ao relento. Às margens do Sena, pensando em sua adorada. *Sur la rive dormir inerte / Face tournée au ciel changeant.*

esboçar um mínimo risco
alguma coisa simples,

apenas para constatar:

desde maio
a vida desmaia
em queda
livre-se
                    de mim.

---

a janela do quarto acende e apaga
clarões de relâmpagos

atenção:

t u d o   a q u i   é   p r i m e i r a   m ã o

enquanto leio maiakóvski num café

mais precisamente julho
o resto todo é impreciso
usar bem uma única bala
munição
                                        aponta para o coração

o que me deixou assim?
o que te deixou assim?

vamos contar do início:
é fumaça na xícara de café
mas poderia ser
o rabo de um gato

as coisas que nos vêm à mão
o livro de hilda hilst:
                        com os meus olhos de cão
o dia inteiro andar com esse livro
                                                marcar
                                                rabiscar
                                                parar pra respirar
                        (não se entra duas vezes no mesmo livro)

todo livro é rio lívido
subir à superfície
os cílios molhados
aliás, choveu quase todo o dia
mas no começo da noite

p a r o u

... aqui, por favor: *let's get lost*, Chet Baker...
volume baixo, *cool jazz*
pois não estou para alaridos

então, dirigimo-nos ao local
a escritora (ela sim!)
me liga oferecendo carona
claro,
ainda mais com você! obrigada!

cada minuto com pessoas incríveis será tão incrível quanto
aquele breve tempo da queda,
a folha desprende-se do galho

c u m m i n g s

l(a

le

af

fa

ll

s)

one

l

iness

or maybe, pound:
of course
curse... pound,

in a station of the metro

the apparition of these
faces in the crowd;
petals on a wet, black bough

ai,

T E C!
aí vai ela,
                    a folha / a fruta
desfrutando de um
brevíssimo instante
de eternidade

andei pela rua
(não, espera...
câmera antes
fechar a porta,
lembrar — será que fechei a porta?)

o perfil de uma chave, salvo engano, tem alguma coisa do perfil de um mapa. chaves: mapas: objetos que abrem, acessam outras realidades, desde que você esteja, seja feliz, então — tudo bem!

a porta do elevador se abre
vou pra rua
imagina uma câmera
que filmasse
os últimos dez anos
dentro dessa cápsula da paixão
as noites de sexta a domingo
e as segundas-feiras insones

a moça do 801 indo e vindo
imaginou?
corta!
porra, então as coisas monótonas
também se acabam?
pensei que somente as incríveis
tivessem destino de crisálida
asa pálida
cor ao vento

tudo é inédito, meu bem
mal te conheço e já te faço confissões

o garoto do café tem a voz de uma senhora gorda que sofre de crises profundas de solidão às seis da tarde
— quem nunca?

está tocando *cake*
never there
poderia ser lou reed
poderia ser eu e você
mas o universo não colabora
— anda ocupado com tempestades em vênus
manter o freezer de plutão a todo vapor
nessa estação...
e a música *a perfect day*
vai para o coraçãozinho frio da menina
que entende tudo sobre gatos e cafés

deixe-me explicar
é que venho sofrendo de uma anestesia lírica
here, there and everywhere

impossível ser feliz com o amor entalado na garganta
justamente quando me foi dado engolir o mundo

— fuja das poses fakes, *funny*
o mal deste amor (e desse e desse e desse)
foi ser imune à minha loucura
testei todas as munições

o tiro
saiu
pela culatra

da ausência máxima de amor
restou a dor
e flores murchas
num vaso de vidro
ainda que perfeitamente vivas
                                        coloridas
                                        desejáveis

página *fake life*

CERTIFIQUE-SE DE QUE O MESMO ESTEJA
PARADO NO ANDAR ANTES DE
EMBARCAR
NESSA CANOA FURADA

sim, estava tudo parado, o mesmo, a mesma, os corpos, a casa, a vida
imobilidade,
anestesia,
sentimento de um ocidental pós-moderno

ando pela rua, às 19h de uma luz invernal
respiro
ár
vo
res

soltam suas pétalas

suspensa em azul
soul infinit

a poesia me alegra
ma non troppo

a poesia
me contenta
me embala
me arrebenta com seus miasmas
a poesia me ama
cumpre o seu propósito
carma atropelado nas estraçalhadas linhas
a poesia sempre me quis
me kiss
a poesia sempre me
kills me
desde a tensa idade

flerta comigo
e eu respondo
contudo, vou com tudo pra cima
olhos fechados num dia claro de sol
correção: num dia nublado de inverno
une saison
sigo pela rua para encontrar a amiga
que tantas vezes me salvou de naufrágios,
vastíssimos

courage, mon brave
courage,
carece ter medo não
como quando o cão
com seus caninos afiados numa tarde do início
                        de um feriado prolongado
                        veio desejoso
                        dentes bocarras e eu entrei com a dor
                        e o sangue escorrendo na *regata*
                        drama: com um pouco de hiper-realismo

temos ainda um tempo antes de chegar à primeira festa

como está papai?
como está mamãe?
vivos, espero
embora a morte já lhes tenha mordiscado
(como um cão negro e de bom porte)
os cantos dos olhos
            da boca
quase impedindo o vislumbre
            do fruto no galho

antes da queda
(perceba, *chérie*
que intenso isso
esse momento: antes do antes
é tudo o que mais desejo)

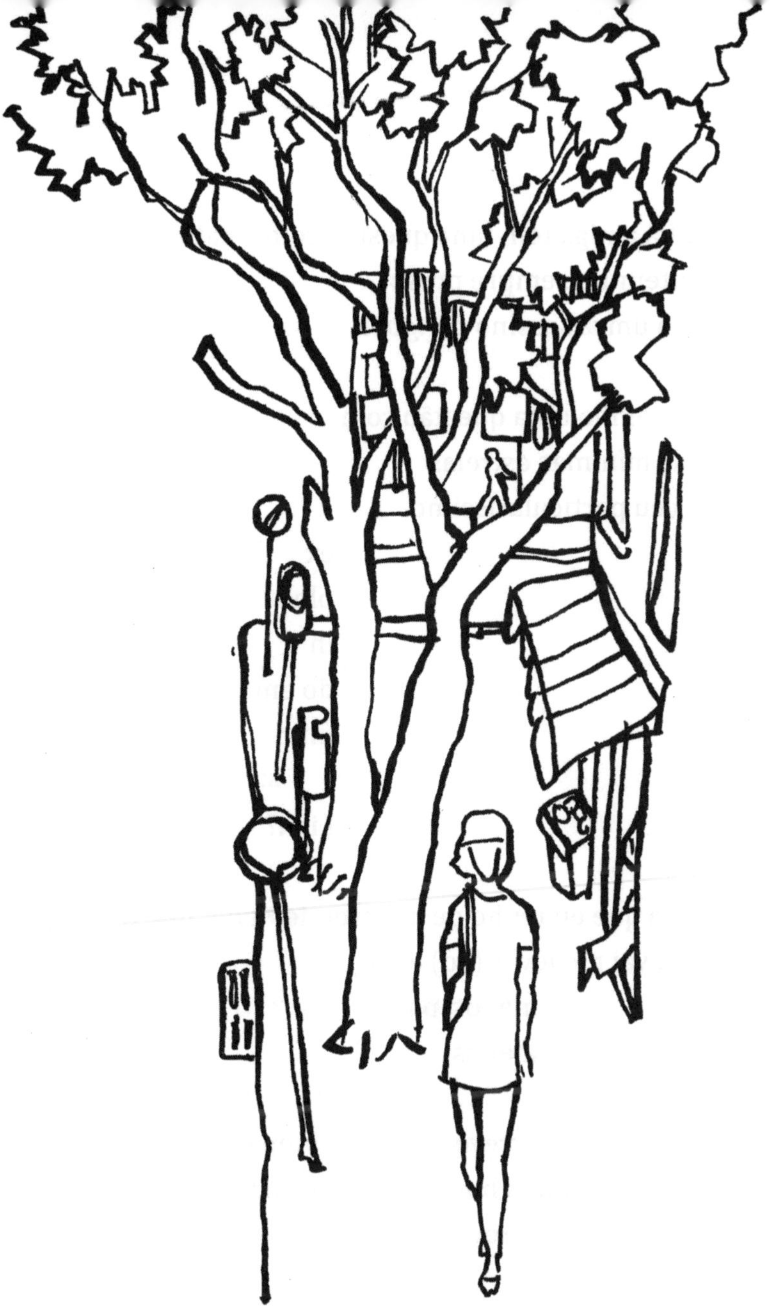

ah, essa delicada flor roxa
no coração espancado dos poetas

talvez minha amiga não tenha visto o desabrochar dessa flor
nos dedos úmidos das madrugadas chuvosas

agora sim,
                    estamos a caminho da primeira festa
                    como o vladimir me garantiu:
                    "a festa bombando de gente feliz"

enquanto disfarço minha tristeza

em algum ponto da cidade, uma flor respira
a chuva ainda não começou
estou pronta para distribuir as cartas

os jogadores são figuras
acima de qualquer suspeita
daqui não consigo ver
mas posso adivinhar
o silêncio deslizando
pela vidraça de uns olhos

duplicado e sempre o mesmo
assim também véronique naquele quarto de hotel
quero tanto, meu bem
se você quiser, também
deitar-me contigo às três da tarde
as janelas do quarto abertas
esvoaçantes cortinas
talvez lá fora, um quintal
filhotes de gato
com suas patinhas fofas
estapeando flores rasteiras

galinhas catando com os bicos
                                        migalhas, milhos
                                        joio não, talvez trigo
ciscam pra trás com o ancinho dos pés

sem sombra de dúvida:
                                        engano-me

passei da idade de casar-me contigo
menos da idade — eterna idade — do desejo

nós duas, às três da tarde
num quarto lugar-nenhum
felizbliss

você ali, eu vi
e segui o roteiro
paradoxo de zeno
(como diz o meu irmão: sempre enfrente)

daqui da escuridão de meus dias
te olhei:

com os meus olhos de cão

parece pouco,
mas ainda assim é um corpo

hilda, queridíssima
você que ouvia mortos naquela aparelhagem acústica
não me venha dizer que morreu
pois é a mais viva de todas
cara, caríssima
olha quantos tantos tamanhos
gigantinhos
gigantões
cavalões, irmões
hilda, queridíssima
você se fechou
        se flechou
s. sebastião
na casa do sol,
chá
cara do sol

xícara!, gritou o chapeleiro

minha amiga me disse,
a que sabe o nome de flores e de frutas
que não foi bem assim
a verdade é que a poeta h.h.
amava bem um primo
e para viver com ele no melhor do amô
                                        se enclausurô

folguedos em portugal

sorór mariana mendes da costa do alcoforado
monja do convento da conceição
isenta de inclinação mística
possessa de inclinação lírica
tal qual hilda

mariana viu o marquês no terraço
e foi aquele escândalo cármico
faísca na palha seca do coração
— ai, nós duas, um quarto de hotel barato
quer?
colchão no chão, vitrolinha, espelhinho na parede
e fogareiro nem precisa
permanent vacations, baby

meu coração não passa mesmo
de um quarto barato de hotel
daqueles que estudantes vadios
pagam seus níqueis merrecas
só pra foder às três da tarde
sem que ninguém os perturbe

mariana alcoforado
a freira de fogo no ventre
                                        de repente: o baque
despencou-se de amores pelo marquês
alguns olhares atingem abismos raríssimos
e no seu mar de mistérios íntimos
alcoforado já buscava
a ilha onde lançar sua âncora
se o marquês distraiu-se
ela estava pronta em corpo e amor ardente
assim como um náufrago deseja
que algumas algas sejam cabelos
de alguém que lhe venha salvar

mas com noel bouton de chamilly, *no way*
fugiu assustado de alcoforado

agora o salto:

que assim como hilda, trazia em si mesma a suficiência
fluídica do ventre em chamas, coração, garganta, mãos
e o olho em movimentos inquietos enquanto o verso
   signo ascendente na velocidade máxima de uma sinfonia
                                                                                    romântica
                                                  após uma fuga barroca

Ah, por que não queres passar a vida inteira ao pé de mim?
derrengadas cartas de amor

enquanto hilda também encarou
seus belos dias
na chácara do sol
os cães e os dons
uma vista linda para os mais perfeitos, jocosos e grotescos
textos poéticos dos universos

h i l d a a a a a a

sussurra o fantasma

colhi do teu corpo
um prazer tão raro
teu corpo pequeno e delicado
esperou o momento
para receber
de minhas mãos
flor se abrindo
eu estava ali
e vi:
Cymbidium aloifolium

vamos tentar a incoerência de muitas palavras
não sei de onde saiu
essa vontade incontrolável
talvez isso de livre arbítrio não exista

vou dormir
preciso dormir
adormecer

ontem sonhei
um jovem caminhando a passos largos
meu olhar o acompanhava
a cada pisada, o jovem se arruinava
curvava-se
atingia uma decrepitude anciã
como fruta esquecida na fruteira sobre a mesa
a câmera do tempo acelerando
eu aqui ali em todo lugar
olhando o velho e pensando
cara, ele vai cair a qualquer momento
está apenas se segurando
mas tão elegante
uma aura, saca?!
aquele mesmo dia em que meu querido poeta
usou a bala, sorriu, foi gentil
um homem pra casar, meu bem
agora ou nunca

pode ser, desses dias tais,
pavorosos, como o aguilhão das baionetas,
quando séculos branquearem a barba,
sobraremos só
tu
e eu,
abandonando-me atrás de ti de urbe a urbe.

v. m.

lamentável, hein, querida
te conhecer agora
e esse charme todo, essa fumaça
você em casa fazendo tuas coisas
cuidando de plantas
escrevendo uma carta
postando um s.o.s em tua página
ah, querida
ir bem devagar até teus olhos se fecharem
bem quando os meus
vamos fechar os olhos num beijo?
se tem uma coisa que me deixa lúcida
é enlouquecer de amor

o amor, esse bandido nômade
nos fazendo flutuar com olhos febris
essa bomba no ventre
a flor examinada no microscópio
não se diferencia em nada de estrelas
onde está o último amor agora?
o que foi o último e devastador amor
o que de tão incerto, impronunciável

sejas prometida
além-mares,
escondas-te
na noite em covil —
eu te meto num beijo
pelas névoas de Londres
os fogosos lábios
do luzidio

v. m.

ai, quem foi essa russa que fez isso com meu poeta?
tem muito a ver comigo isso
do coração exterminado
sinto muito
e beijo menos ainda
dou bandeira
mastigo o coração numa bandeja de prata
por demais infantil

o jovem do meu sonho caminha cambaleante
o que ele vê à frente?
um velho?
não: um espelho
que desperdício de silêncio
essas palavras deitadas no papel
quando poderiam,
                                        poderíamos
nós duas naquele arejado quarto
uma janela aberta para um quintal
os produtos orgânicos
suas pernas orgânicas
meus lábios orgânicos
seus lábios, claro
                        orgânicos
os movimentos orgânicos do amor
gemidos de bichos bem-humorados
pés descalços na manhã inaugural
o primeiro dia fora do tédio
daquele jardim vigiado
deixa a serpente se esgueirar
                              com todo amor
tanto a oferecer
nunca encontrei quem merecesse
sempre na hora do sim
          será que não estamos nos precipitando?
          lógico que estamos
          no princípio era o precipício

e nós duas saltando
thelma & louise

na noite em que você olhou
atrás do contorno escuro do meu rosto
vagalumes saltavam dos olhos
sixpence none the richer
os amantes sem dinheiro de eugênio andrade
tanta ternura eu tenho pela tua doçura
meus pés em fuga:
exortações do provérbio ou do salmo
o perfeito arranjamento das coisas imperfeitas
caos, *honey*
a partir de um único olhar
um decidido olhar
as nuvens no céu já se ajeitam melhor

todas as palavras nascem no corpo
expelidas para fora
tombam no rosto do outro
nos braços
no dorso flechado de sebastião
nos olhos de luzia oferecidos no prato
nos pés descalços de francisco
talvez tenhamos mesmo que fazer um sacrifício
para que todos fiquem felizes
para que essa pequena forma
                                        expelidora de palavras
                                        não desapareça do mapa
                                                                        das chaves
                                                                        do mundo

teu corpo
contemplo
devagar, antes da boca
devagar, antes das mãos
bem devagar, o cheiro invadindo a alma
perdoa a minha urgência em ir devagar
meu desejo é esse ser cheio de pernas
correndo em tua direção
agora eu sei sentir com o corpo

dirijo-me às vastas distâncias de mim
chego ao princípio
onde aguardo, inteira e pensada

inúmeras formas de corpo têm habitado essa alma
o que hoje é um céu com estrelas em explosão

saciar-se da carne que não se vê por fora
não era você que se orgulhava de ser visceral?
então...
a que ponto chegamos?
esse corpo barco
tirésias, aceita peso?

depois da fuga
levo o caçador duplicado
em meus olhos de cão
porém meu coração nada me diz
delicadeza calma da superfície
o perfeito disfarce
                    um lago límpido
                    e o mínimo salto
                                   da rã
                    abre-se o centro das múltiplas esferas
                    ondas da noite
                    reverberações no mínimo corpo
                    para esse outro
                    escopo
                    constelações

here there and everywhere

despoetizar o verbo
toda essa história é verdade
e pode ser comprovada num belo livro de ficção
capa dourada

teu gozo
em minha boca
é melhor que wittgenstein
gêmeo pasolínico
e seu *tratactus*
naquela casa modernista
a palavra fabrica
rizomas
degenerações
mutações

seu sal sabe-me
rayuella
wally
saylor
salinger
cesar
whitmann
say more
grass

bebo outra vez

já temos um diagnóstico poético favorável
ricercare

desço as escadas em fuga
lá embaixo, o baixio dos boêmios sem dinheiro
dos leminskis *la vie en (cir)rose*
carlos karam, vai ser muito gauche na vila
perambular borges,
cortejar cortázar
escrever como quem anda de bicicleta

wilson, darling
bolero's bar *mucho me gusta*
com a voz rouca daquela diva
— crepúsculos dos deuses é tão você —
bueno, sem mais
só pra dizer que fui ao seu enterro
e conforme pude confirmar
aquele corpo lá
não tinha nada em haver, mano
aquele corpo descendo suave na noite gentil
nada a ver, mano
médico algum seria capaz de me contestar
médico algum, cronista algum
nem se se fizesse a si
o melhor, o turco
habilidade de arquiteto
do que foi mesmo o seu, snege?
hum, fatal
só mais um trago
o x da questão

a camada de valêncio
o mistério das três portas
um *flirt* no vagão do trem fantasma
who is?
um arrepio no cinema
fritz lang, bitte schön
resquícios e saliências coronárias
leve, muito leve, leve coisa
pegadas do abominável
dois dentes cravados na minha jugular
e chega desse pico, desse papo
não perco mais tempo com literatura
aposto tudo de uma vez

a noite solta no bairro boêmio
as meninas amys (*why not?*) winehouse
craquentinhas que o dalton curte roer com seu melhor canino
a casca do dia desgrudando-se das paredes
tintas dos grafites surgindo
falou e disse, lê mins quis
: é o limite
expectativas vibrantes
um pouco antes das dez
quando os andarilhos sabem onde se encostar
depois de vagarem pelo centro
esperando ávidos pelo grande momento
em que todos se irmanam
a hora da embriaguez

eu, que estava fora do circuito
sabia por experiência própria:
a juventude de minha alma começa a envelhecer
o mesmo ponto inercial de sempre — o umbigo matriz
marcarei encontros com os amigos próximos,
como se nada, claro
nada
os cartazes nas ruas
sequestram meus olhos e gritam: últimos dias
embora eu pretenda ficar um pouco mais
para a próxima festa
pessoas sensíveis choram
pessoas sensíveis ficam tristes

não ainda, por enquanto
achei realmente que não era o momento
que essa coisa de *últimos dias*
era — é claro que é! —
alguma promoção
desconto
liquidação
manifestação

hoje não estou para pilhérias
tudo sério demais
pronunciar a palavra mil vezes
duas faces do mesmo verbo
um corpo vivo é algo passivo
ao viver em volta acontecendo
raríssimos momentos

na hora mais desastrada
portas fechadas para balanço
a boia do olhar lançada ao mar
marasmo
dias blues
imprevisível alquimia
assim sem mais nem menos
coisinha sem futuro
decidi não dar atenção aos avisos
apenas sigo

e sei
queiramos ou não
estava tudo previsto

ted e sylvia
tinha como evitar?
vou alcançar esse céu
vou acalmar esse céu
limpo e novo como a bruma
e das bocas unidas
a espuma dos dias
num lugar amplo e arejado
um céu possível
janelas abertas para um quintal

penso em patti smith
penso em dyniewicz
tão adoráveis

queiramos ou não, my dear
no meio desse turbilhão
nós duas, o temporal
o encanto, o encontro

talvez não tenha sido gentil com a vida
talvez tenha desdenhado a roupa de carne
os cascos, os ossos, o plástico dos olhos
pegou toda a umidade das palavras e foi bebendo
em se cantando, tudo dádivas

você me disse que também
senti que tudo fazia sentido

ninguém fazia ideia
de repente, distraídas
vem!
seremos...
saber-nos amantes e suficientes
na superfície tímida e quente

gosto do teu humor
colho o humor que escorre dos teus lábios
num risco de riso
um rio, quando digo
beba-me
coma-me
sem moderação
feliz como raramente estive

quieta, olhando para não espantar as abelhas
meus pés molhados
e a cabeça orbitando
em torno de uma imagem
uma voz
teu quente humor
seria ótimo ouvir você e ver
por mais alguns minutinhos de eternidades

o que vai fazer na próxima temporada?
o inferno de nosso descontentamento
já tem compromisso?
espera...
e agora
nas próximas horas?

nem mesmo a chuva...

não soube o que responder
mas você soube o que perguntar
sem sombra de dúvida:
engano-me

sair do cinema depois de ter visto *mulholland drive*
depois de ter visto *betty blue*
sair do cinema e não dar a mínima se está chovendo
a chuva do lado de fora e os olhos duplicados de imagens
llorando

qualquer um dos trans(e)antes iria rir ao me ver assim
as coisas demoram tanto a acontecer
rasgue a parte que considerar
inconveniente
se for pior, farei o melhor
tenho fome
você tem também
o mundo repleto de pessoas famintas
e equivocadas
me alimento de palavras
anfion e sua flauta irrigando o deserto de minha alma

muitos me amam
mais eu me amo muito menos ainda

Hoje, foi só passar à porta de vocês,
tive a sensação —
anda mal a casa.
Alguma coisa escondias no vestido de seda,
e tomava o ar um cheiro de incenso.
— Contente?
Um frio
— "Muito!"

v. m.

oh, vladimir

julho tem sido difícil na última encarnação
simpatizo comigo
gosto do humor suicida
não chega perto que eu acendo, *funny*
[adoro se(e) *me chama* assim]
        você me faz sorrir com o coração
        tão adorável, infotografável
        meu porquinho da índia preferido
        each day is valentine's day

a chance logo ali
a anos-luz de mim

o dia veio com esse defeito
                desde cedo
nunca para em casa
por aí, aos cafés
de frente para essa estação infernal
onde nos dizemos adeus
e voltamos para nos dizer
                mais uma vez
                adeus

alguma coisa autêntica
originalíssima
despenca do alto do dia
por enquanto não dá, mas se der eu te aviso
— também te amo, *chérie*
e tanto
mil anos e você não enxergou um palmo adiante
desse falível falo

o desastre e a distorção por minha conta
podem se servir à vontade
crianças correndo numa tarde de domingo
banhadas de luz
o salto parado no flagra fotográfico
me leva pra morar dentro dessa foto, *please*!
não sabíamos ainda que justamente esse tédio
era o que tínhamos de mais valioso
o que de fato nos traduz, essa luz
as crianças
o domingo
venha, estou em casa
faremos um chá — ou você ainda prefere café?

talvez, berlim
morar com aquela amiga
tut mir leid
talvez não tenha sido possível
uma menina saindo da toca do coelho
direto pro mundo
pro teu mundo
beba-me
coma-me
a infância duplicada
maravilhoso solar de teus dias
melhor presente
hoje e todos os que seguirem
cordão umbilical: tempo
call me, baby
quero ouvir björk

its oh! so quiet

E então,
agigantado,
contorço-me na janela,
fundo coa testa no vidro da janelica.
Haverá amor ou não?
Qual amor —
grande ou miudinho?
Grande donde, com tal perfil:
deve de ser pequeno,
cordato amorzinho.
Pula assustado das buzinas dos carros.
Ama o sininho do bondinho.

v. m.

enquanto aguardo uma resposta
das ondas de ruído e luz,
sobre a mesa
me perscrutam feito um gato
estático,
a xícara de chá e
viva,
a maçã mordida

Alô!
Quem tá falando?
Mamãe?
Mamãe!
Seu filho tá um doente lindo!
Mamãe!
Tem um incêndio no coração.
Diga às suas irmãs, Olia e Liuda, —
pra ele já não há solução.
Cada palavra,
até piada,
que vomita com a boca em fogo,
cabriola, como prostituta pelada
de bordel em chamas cadente.

v. m.

nada a perder
fim de partida
um corpo sem qualquer expectativa
o mais sincero
o menos armado
mas disposto a saber
da pérola incrustrada dentro da ostra
                                        das horas

você do outro lado da rua
e a rua um rio feito fluxo
minha, a margem urgente
torrente
escombros dizimados de passados
deslizando pela enxurrada
tua margem, calçada de bar
a menina de lá
acena e sorri
um frame *lisérgico*
fotografar tua imagem
editar: recortar: colar
cenário límpido de mar
[eu te levaria para o terraço de um prédio alto
as pessoinhas pequenas lá longe: e nós
eu te levaria para uma praia deserta
o mar violento se agigantando: e nós]

teu navio aportando
o lenço esvoaçante no pescoço
dessa margem
água límpida corrente
barquinhos coloridos de papel
flutuando
a mão de criança organiza a fragata
navios soltos nas águas de teus dias
the girl with kaleidoscope eyes

a tarde se ergue
entre os abismos das horas
leio, enquanto espero
poema contínuo
h.h., informe-se
é de carne a canção
e suas formas sugerem curvas
muros altos, heras, sinos
a mão suave do vento na ferrugem dos metais
um ramo insistente esmurrando o vidro
criança sozinha no quintal
folhas, galhos, olhos
prenúncio do que não se finda
as coisas da casa têm pressa de caos
e mãos que o acolham
o sol alcança
os máximos avanços das sombras

e toda alegria se enfeita
para um coração em festa
os espelhos
seus jogos previsíveis
definição do que pode a luz
diante do espírito
mas é dentro do corpo
o sopro, a vertigem
à criação tanto vale
o beijo
quanto a febre
melhor que esteja o corpo
disposto a flores
braços crescidos de abraços
a noite e seus sedutores segredos
perder-se nos vãos de um nome
sussurrar sílabas
combalir feito fantasma de olhos pensos pela casa
ventos às vezes brandos
viração das primeiras chuvas
possa a beleza surgir
dos gritos das rosas
despertadas por relâmpagos

essa carta náufraga
mapa de procedimentos
sob nossas cabeças
os passos trilhados pela milionésima
                                        astronômica vez
será que já não nos conhecemos
antes do antes?

                                        no princípio
                                        era o precipício
                                        e um anjo dormitava
                                        na gruta escura
                                        suas asas roçando o rio fétido

mas os sonhos
ah, tão doces os sonhos

o primeiro sangue a sujar a bandeja
sobre a qual descansa
a cabeça de joão batista
o primeiro espinho a ferir os pés
do santo descalço
a visada sem olhos no rosto de luzia
buracos por onde os fantasmas do amor escapam
e povoam os corações
com opiosas paixões
martírios
mistérios
gloriosos e gozosos

não sei interpretar teus olhos
e tuas palavras
vagas marolas em torno do corpo
ismálias
ofélias
virgínias
pedras nos bolsos do vestido
brisa de miosótis
uma lua no céu: uma lua no mar
melancolia em desmedidas exatas

amigos são amantes adormecidos
brincam de tanto que as almas se adoram
sob a chuva
você se derrama em confissões
todo mundo e o teu coração vivo
sou uma rua sem curvas — não acaba nunca
você me disse
bem de perto
quase esbarrando, não enxergando muito
a sombra de abismo estampada na cara
uma árvore ali mesmo, um balanço
em vez de virar as costas
testou a força das cordas
tua cabeça voltada pra cima
tão alto, não se divisava nada
paralelas sumindo em brumas

disfarcei
mandei meu melhor perfil
sem a marca da cicatriz
a cabeça da criança de euclides
depois da terra e do homem
escapar da fatídica batalha
uma face sorridente
a outra face, terrível
descarnada
— diz-se da pele: o mais denso do corpo
ninguém queira estar na minha

observe-se
absorva-se
abstraia-se de si
alheie-se
seja-se
sinta-se
à vontade
a sua vida de si
seria o amor um acidente de percurso?
odisseu sempre tentando voltar para casa
e caindo nas ciladas de calipso
em terra de rei, polifemos contra ninguéns
talvez não sobre ao tempo-camaleão
qualquer cor
qualquer coisa

com que se tinja
com que se atinja
a crina dos dias

me disse que estava mais é querendo se apaixonar
pra quê, meu bem?
paixão não dá futuro pra ninguéns
em compensação: que presente, hein!
bom mesmo é a física quântica e as crianças
coisas que acalmam o coração
gatos
mandalas
meus olhos de cão olhando os teus
olhos-caleidoscópios
sem saber o que estava de fato acontecendo
e mesmo assim gostando
e muito
desses nossos tantos assuntos
dizem que os apaixonados
têm mãos de águas
tudo lhes escapa

um bêbado treinando oráculos
à porta do bar
perguntou respectivamente:
seu nome, seu signo, seu sonho
adivinha?
contudo
ninguém aguenta
nem mesmo eu
esse meu ir pra cima com tudo
e sem motivo
só a pretensão de perfeição inventada
sabe aquele verso famoso do polaco?
o eu lírico é o cansaço
como enfada isso
rebuscar o motivo
as musas e suas visões labirínticas
plena panorâmica
você não faz ideia
só perseu sabia usar o truque
vislumbrar a medusa
através do espelho
alice joga, atravessa
vai veloz pro outro lado
fique à vontade
incendeie escritos
enxugue lágrimas, suprima páginas

o segundo encontro é sempre tenso
achando-se menos demais
vai armada para uma guerra longa
e agora, todos os dias, acordar e decifrar o dinossauro:
"é sério mesmo isso?"

uns beijam
com tanta frequência
outros, quase nunca
esquecem-se entre longos expedientes

as ficções distraem
mas nada supera o rascunho sujo da realidade
é para lá que todas as ficções apontam
o mar absurdo de homero

camille claudel na infância
brincando com ossos, esqueletos
enxergava estruturas moldáveis
camille não sonhava com beijos
mas mãos convertendo a matéria disforme
até que rodin convida a moça a adentrar
as portas do inferno

todos os movimentos que permitem
fazer surgir o que vive
de olhos fechados, ouvir a sinfonia
algumas janelas
abrem-se para sensações
atinjo o som com o espinho das minhas palavras
o som é azul e ao toque converte-se
em flores miúdas

roubo paisagens de janelas:
tratar aqui
sozinha enquanto
olha-se no espelho
            confere a correria do coelho
            íris adentro: iridescência
meus olhos de cão
vão até a janela
a chuva desperta suspiros
espirros em verde amarelo vermelho
silêncio
a luz é suficiente
e o espírito vê música
uma atmosfera sutil
quadro luminoso
matisse-neon
pequenos pés entram na sala

um gato segue seus passos
imã de pelos e bigodes elásticos
estamos dentro do carrossel
conexões de moléculas
fluidez de fumo
a leveza da roupa no corpo
pequenos pés caminham até a mesa do universo em expansão
objetos denunciam a biografia dos seres
pinturas *acrilic on canvas*
um tipo particular de jogo
peças de xadrez
a câmera dos meus olhos
experimenta todos os recursos
tender buttons
em suas mãos
o riso do gato flutua
há sempre uma luz suave
contornando os amantes
o gato solta um miado
pequenos pés estendem-me o presente nas mãos
já posso olhar agora
a chuva tilinta seus níqueis no vidro
um beijo, então
blackout
olhos fechados

mesmo que ainda arda a saudade por dentro
no desvario da fuga
os olhos enxertados de adeus
avistamos adiante o antes do antes

ninguém esperava por isso
nós não esperávamos por menos
não é sempre, aliás
que arriscamos ser menos
artificiais
a urgência calma
aproximar-se do território do outro
continentes à deriva
guerras à flor da pele
refugiados de meu paíscorpo
atravessam a fronteira do teu corpopaís

de onde estou
avisto
quem me vê
caímos, então, em suave queda
f
a
l
l
i
n
g

Nota: os poemas de Vladimir Maiakóvski [v. m.] foram traduzidos por Wellington Müller Bujokas.

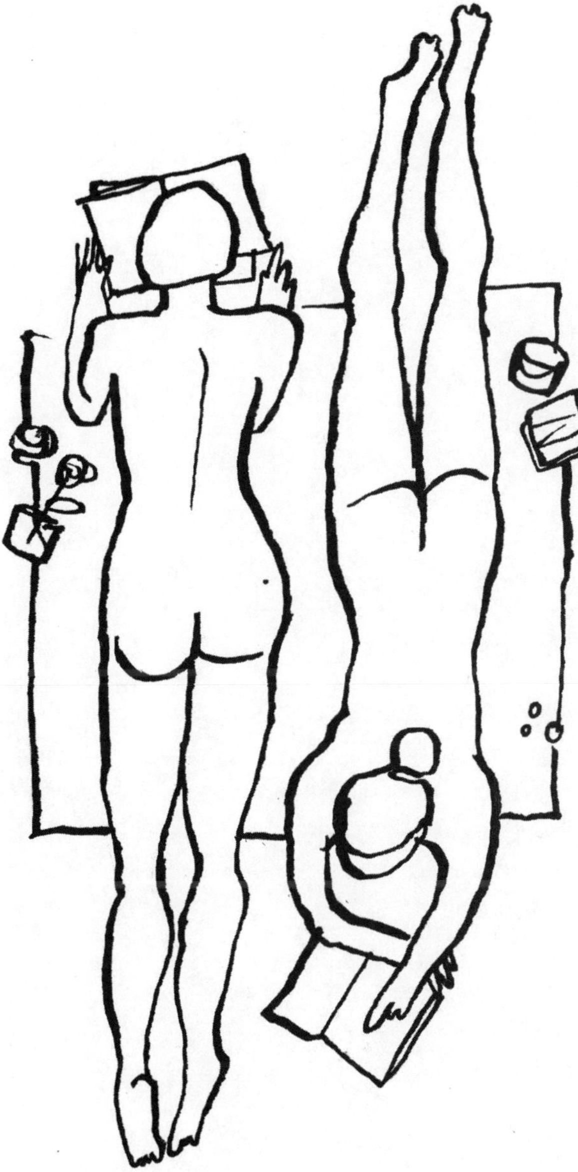

sobre a autora

Assionara Souza. Escritora, nascida em Caicó/RN e radicada em Curitiba/PR. Formada em Estudos Literários pela Universidade Federal do Paraná, é pesquisadora da obra de Osman Lins (1924-1978). Publicou os volumes de contos *Cecília não é um cachimbo* (2005), *Amanhã. Com sorvete!* (2010), *Os hábitos e os monges* (2011) e *Na rua: a caminho do circo* (2014) — contemplado com a Bolsa Petrobrás, 2014. Sua obra tem sido publicada no México pela editora Calygramma. Participa do coletivo Escritoras Suicidas. Idealizou e coordenou o projeto *Translações: literatura em trânsito* [antologia de autores paranaenses: www.literaturaemtransito.com]. Estreou na dramaturgia com a assinatura da peça *Das Mulheres de Antes* (2016), com a Inominável Companhia de Teatro.

sobre o ilustrador

Raro de Oliveira é designer, ilustrador e urban sketcher. Nascido no Rio de Janeiro, estudou Design Gráfico na Escola de Belas Artes da UFRJ e atuou em agências de propaganda no Rio, Belo Horizonte e Curitiba. É professor de desenho, um dos organizadores do Urban Sketchers Curitiba — grupo que registra com desenhos as cidades e o cotidiano. É coautor do livro *Sketchers do Brasil*. Tem participação em exposições coletivas de arte como: *Coletivo de Arte - Galeria de Rua - João Pessoa/PB, Traços Curitibanos, 9 Artistas do Paraná, Retrospectiva Urban Sketchers Curitiba* e a exposição individual *Lugares de Mim*, em parceria com a Descompanhia de Dança.

Kotter Editorial

coordenação editorial
Sálvio Nienkötter
Bárbara Tanaka

ilustrações — capa e miolo
Raro de Oliveira

editoração e capa
Bárbara Tanaka

revisão
Silvana Guimarães

Dados Internacionais de Catalogação na Publicação (CIP)
Andreia de Almeida CRB-8/7889

Souza, Assionara
Alquimista na chuva / Assionara Souza. – Curitiba : Kotter Editorial, 2017.
96 p.

ISBN 978-85-68462-42-3

1. Poesia brasileira I. Título

CDD B869.1

17-1264

KOTTER EDITORIAL

Rua das Cerejeiras, 194
82700-510 | Curitiba/PR
+55 41 3585-5161
www.kotter.com.br | contato@kotter.com.br

1ª edição
2017

Este livro foi impresso em papel pólen 80 g/m^2, tipologia Cambria 11,5/17, no inverno de 2017.